警示一生
的 成语故事

胡罡 主编

黄河出版传媒集团
阳光出版社

图书在版编目（CIP）数据

警示一生的成语故事 / 胡罡主编 .-- 银川：阳光
出版社 ,2016.6
（校园故事会）
ISBN 978-7-5525-2663-9

Ⅰ.①警… Ⅱ.①胡… Ⅲ.①汉语 – 成语 – 故事
Ⅳ.① H136.3

中国版本图书馆 CIP 数据核字 (2016) 第 143461 号

校园故事会　警示一生的成语故事　　　　　胡罡　主编

责任编辑　陈之曦
封面设计　华文书海
责任印制　岳建宁

黄河出版传媒集团
阳光出版社　出版发行

出 版 人　王杨宝
地　　址　宁夏银川市北京东路139号出版大厦（750001）
网　　址　http://www.yrpubm.com
网上书店　http://www.hh-book.com
电子信箱　yangguang@yrpubm.com
邮购电话　0951-5047283
经　　销　全国新华书店
印刷装订　三河市京兰印务有限公司
印刷委托书号　（宁）0001535

开　　本　710mm×1000mm　1/16
印　　张　7.5
字　　数　90千字
版　　次　2016年9月第1版
印　　次　2016年9月第1次印刷
书　　号　ISBN 978-7-5525-2663-9/I·699
定　　价　15.80元

前　言

　　我们在故事的摇篮里长大,故事就像一个最最忠实的好朋友,时时刻刻陪伴在我们身边。它把勇敢和智慧传递给我们,也把快乐、爱与美注入我们的心田。

　　《校园故事会》系列所选用的故事内容丰富、主人公形象生动活泼,而其寓意也非常深刻,会让你在愉快的阅读中了解到什么是美,什么是丑,什么是善,什么是恶,什么是直,什么是曲。我们相信,这些故事一定会使广大学生受益匪浅。真诚地希望本系列丛书能成为家长教育孩子的好助手,学生成长的好伙伴!

　　本系列丛书内容包括亲情、哲理、处世、智慧等故事,会使你在阅读中收获真知与感动,在品味中得到启迪与智慧。可以说,它们是父母送给孩子的心灵鸡汤,自己送给自己的最好礼物,同学送给同学的智慧锦囊,老师送给学生的精神读本。

　　总而言之,这是一套值得您精读,值得您收藏,更值得您向他人推荐的好书。因为课本上的道理是一条条教给您的,而这套书中的"故事"所蕴含的大道理、大智慧是要您自己揣摩的。

　　本系列图书在编写过程中不免会有瑕疵,望广大读者批评指正,我们会虚心改正。

编　者

目　录

居安思危 有备无患

春秋时代,有个国家叫晋国,国王叫晋悼公。晋国边境外的一些少数民族部落,都想与晋国建立友好关系。晋悼公不仅不答应,反而想派兵去消灭他们。大臣魏绛坚决反对,并且说服了晋悼公,与这些少数民族部落建立了友好关系。

从这以后,晋国边境非常安宁,晋国也越来越强大,晋悼公成了中原各国的盟主。有一回,中原各国联合攻打郑国,郑国就向晋国请求讲和。在晋国的影响下,中原各国停止了进攻。郑国非常感激,送给晋悼公一批礼物。

晋悼公把一半礼品赏给了魏绛,对魏绛说:"是你出的好主意,才使国家强大的啊!"

魏绛谦虚地辞谢说:"能和其他民族友好相处是凭国家的福气,能团结和统率许多国家是靠大王您的威望。只有处在安定的环境里,想到将来可能遇到的困难和危险,才能时刻有所准备,避免危险和灾难的发生。今天在您享受快乐的时刻,也要想到国家的未来啊!"

悼公听了,很受感动,坚持要魏绛接受奖赏。魏绛所说的"居安思危""有备无患",后来成了成语。

成语释义

出自《左传·襄公十一年》："居安思危,思则有备,有备无患。"

"居"是处于,"思"是想。"备"是准备,"患"是祸害、灾难。

虽然处在平安的环境里,也想到有出现危险的可能。指随时有应付意外事件的思想准备。

叶公好龙

　　春秋时,楚国有个贵族,名子高,它的封地在叶,人称叶公。这人特别喜欢龙。你看看他的屋子里,梁柱上雕着龙,门窗上刻着龙,墙壁上画着龙,凡是可以描画雕刻的地方都是龙呀!

　　地上真有这么喜欢龙的人呀!天龙知道了这件事,真想会会这位好龙的叶公呢!天龙从天上降落到叶公家里,把头从窗口伸进去,尾巴还拖在厅堂里。可叶公见了天龙,却吓得丧魂落魄,脸上青一阵白一阵,掉过头就逃。

　　这样看来,叶公喜欢的并不是真龙,而是那种似龙非龙的假龙啊!

成语释义

　　比喻表面上爱好某个事物,但实际上并不是真正爱好它。

老马识途

春秋时候，齐国逐渐强盛，齐桓公成为中原的霸主。这一次，齐桓公发兵去攻打遥远的孤竹国。随大军远征的大臣管仲足智多谋、知识渊博，多次为齐桓公献计献策，立下大功。

这一仗打得确实不容易，路途太远，这是一难；地理不熟，这是二难；孤竹军民拼死抵抗，这是三难。出征时还是春暖花开，凯旋时已经北风呼啸了，连头带尾，差不多经历了一年时间。山川树木，大大变了样！

走呀，走呀，齐国军队迷路了，他们走进了一个险谷。一会儿，前军来报告，前面是悬崖峭壁，无法通行。齐桓公下令后军改作前军，绕道而行，可不久又来报告，这回前边是深涧陡谷，也不能前进。齐桓公急得满头大汗，带着人马左盘右旋，全军累得人困马倦，怎么也摸不出去。

管仲心里也很急呀！他紧皱眉头，在想办法。突然，旁边将士的坐骑一声嘶叫，这叫声打断了管仲的沉思，他心中豁然开朗，对，有办法了，老马是认识道路的！他吩咐兵士把几匹老马的辔(pèi)绳解开，让它们自由行走。

几匹老马无拘无束，在前面不慌不忙地走着，大队齐军在后面，不紧不慢地跟着……

　　走着走着,居然走出了谷口,找到了道路。

成语释义

　　这个成语的原意是说老马认得出道路,现在多指有经验的人对情况熟悉,能在工作中起指导作用。

各自为政

春秋时候,郑国出兵攻打宋国。宋国大将华元奉命率军迎敌,两军在大棘对垒。

为了鼓舞士气,决战前夕,华元准备了肥羊美酒犒赏将士,大家边吃边喝,十分高兴。副将要叫驾车的羊斟也来,华元有了三分醉意,大咧咧地说:"算了,一个赶车的,别叫他啦!今天的事,我作主!"羊斟知道了这事,心里憋了一股气,忿忿不平。

第二天,华元登上羊斟的战车,指挥宋军发动进攻。他命令羊斟把车赶向郑军右方,羊斟不听指挥,却把车赶向了郑军兵力最强的左方。

华元在车上急得大叫:"羊斟,你想把车赶到哪儿去?"

羊斟得意地说:"华将军,昨天分羊的事,你作主;今天赶车的事,我作主,这叫'各自为政'!我管我的,你管你的,我们是谁也管不了谁!"

战车很快驶进郑军阵地,羊斟跳下车,乘乱逃走了。华元呢?

他虽然拼命搏斗,可寡不敌众,郑军将士蜂拥而上,把华元活捉了。

宋军见主将被俘,军心大乱,郑军乘机发动猛攻,宋军全线溃败。

由于羊斟不听指挥，"各自为政"，宋军遭到惨败，损失了 400 辆战车和 200 名将士。

成语释义

这个成语，用来表示各人按自己的主张办事，不顾大局，也不与别人配合。

千变万化

古时候,我国在战国时期出现过一个周朝,周朝有个国王叫周穆王。

一天,他在京城外散步,遇见一个名叫偃师的能工巧匠。周穆王跟他聊天,问他有什么本领。

偃师说:"君王想要我制造出来什么,我就能造出来什么。现在,我已经造好一样东西,希望君王看一看。"

周穆王说:"好吧,明天你就拿来让我看看。"

第二天,偃师来拜见周穆王。周穆王看到他的旁边还有一个人,便问道:"跟你一起来的是什么人?"

偃师说:"这就是我造好的能表演节目的假人。"

周穆王惊奇地看着它,它又会走路,又会弯腰,就跟真人一样,一点儿也看不出它是假的。

假人在偃师的操纵下,开始表演节目了。偃师摇摇它的下巴,它就唱歌;拨弄一下它的手,它就跳舞。这个假人的歌声、舞姿不断变化,偃师要它怎么样,它就怎么样,真是千变万化。

周穆王不相信这是假人,偃师就拆开这个假人,一样一样地指给周穆王看。原来这个假人是用皮革、木头制造的,用树胶、生漆粘合起来,并且涂上了各种颜色,造得非常逼真。

　　周穆王赞叹地说:"这个假人造得真精巧啊！可以跟老天爷创造的万物相比啦!"

成语释义

　　"千变万化"这条成语形容变化很多很多。

警示一生的成语故事

一日千里

周穆王喜欢外出游玩,他听说国内有个叫造父的人,是位驯马驾车的高手,便下令把造父召到京城镐京来。

造父挑了又挑、选了又选,找到 8 匹好马拉车,一声吆喝,马车载着周穆王启程远游了。造父驾车的本领真是高明,马车又快又稳,越过平原,穿过沙漠,来到昆仑山下的西王母国。

女王西王母设宴接待穆王,穆王也送上许多珍贵的礼品表示答谢。以后一个多月里,西王母亲自陪着穆王到处游玩。西王母那么美丽又那么热情,异域他国的风光那么新鲜又那么迷人,穆王玩得非常高兴,几乎把自己的国家都忘记了。

这天,造父带着一个满头大汗的武士闯进宫来,把一封紧急公文送交穆王。文书上说,徐偃王知道穆王久离镐京,乘机起兵造反,形势万分危急。周穆王大吃一惊,赶紧向西王母辞别,同时吩咐造父备车,立即启程归去。

造父知道情况紧急,便施展出全身本领,马车风驰电掣、"一日千里"地向东飞奔,三天三夜便赶到了镐京。

穆王立即调动多路兵马,亲自指挥作战。不久,徐偃王被杀死,叛乱被平定了。造父为战斗的胜利赢得了可贵的时间,周穆王重重地奖赏了他。

成语释义

出自《庄子·秋水》:"骐、骥、骅、骝,一日而驰千里。"

"一日千里"形容马跑得极快,后来用来比喻人进步非常快或事业发展极其迅速。

大义灭亲

春秋的时候，卫国的国君卫庄公，十分宠爱公子州吁，惯得他非常骄横。大臣石碏多次劝告庄公，但庄公不听。石碏的儿子石厚见州吁得宠，就常和州吁一起鬼混。

石碏多次制止，也没有用。庄卫公死后，石碏估计政局不会稳定，就辞官回家了。

不久，州吁杀死了他的哥哥，自己当了国君。由于州吁篡权得不到国人的支持，结果卫国一片混乱。这时参与篡权的石厚也非常急，他就赶紧去找他的父亲，询问父亲他怎样才能使州吁得到国人的支持，地位得以巩固。

石碏建议州吁去朝见周天子，说如果得到天子的承认，就能取得合法的地位。并说："陈国国君与天子关系很好，你们先到陈国，跟陈国搞好关系，就能朝见周天子了。"

石碏就在州吁和石厚去陈国之前，先派人去告诉陈国国君，请他帮助卫国除掉这两个杀害国君的凶手。陈国答应了。

州吁、石厚一到陈国，就被逮捕，卫国派大臣去就地处决了州吁。石碏也派人把石厚处死了。

石碏的行动受到了人们的称赞，说："石碏为了国家利益，不徇私情,真是'大义灭亲'啊!"

成语释义

出自《左传·隐公四年》:"大义灭亲,其是之谓乎。"

成语"大义灭亲"就是人们赞扬石碏的话。"义"是正义,"亲"是亲人。常用来赞扬正直无私、坚持原则的人。

按图索骥

春秋时,有个名叫孙阳的人,他很会挑选千里马。大家称他为"伯乐"。

伯乐观察马的本领可大了。只要他看上一眼,就能根据马的长相判断出马的好坏。无论是饿得精瘦的千里马,或者是养得滚壮的劣马,都骗不过他的眼睛。

伯乐年老的时候,根据自己多年积累的经验。写了一本书,叫《相马经》,他在这本书里,详细地说明了千里马的形体特征:额头的形状怎么样,眼睛的形状怎么样,身架怎么样,蹄子怎么样,毛色怎么样……这些都写得详详细细。

他的儿子看了这本书,花好长时间把千里马的额头、眼睛、身架、蹄子毛色等等特征背下来,然后,就按书上所说的形状去找千里马。几天以后,他儿子高高兴兴地跑回来,连声说道:"我可把千里马找到了!我可把千里马找到了!"

伯乐要他说说找到的马究竟长得怎么样。他儿子说:"这匹千里马的长相跟《相马经》上讲的差不多,就是蹄子有点毛病,不是太像。"说完,从口袋里掏出个癞蛤蟆来。

伯乐知道儿子笨,也没责怪他,只是苦笑着说:"你找来的这匹马喜欢跳,可驾不了车啊。"

成语释义

索:找。骥:读 jì,良马。人们用这条成语比喻生搬硬套书本上的内容,也比喻按照已经知道的线索寻求要找的事物。

三令五申

春秋时,有位著名的军事家叫孙武,他写了《孙子兵法》13篇。吴王阖闾(hélǘ)读了《孙子兵法》,赞不绝口,他把孙武召进宫来,要孙武用宫女操演给他看。

孙武将180名宫女分成两队,叫吴王最宠爱的两个妃子各拿一支戟,担任队长。孙武按军中的规矩摆下刑具,又向她们"三令五申",把号令交代清楚。然后,孙武击鼓传令,可那些宫女像是平时做游戏似的,嘻嘻哈哈,听到命令也不执行。

孙武马上把宫女们集中起来,责备自己说:"号令没有交代清楚,这是为将的过错。"然后重新把号令说明。孙武又击鼓传令,那些宫女还是不当一回事,打打闹闹,一个个笑得前俯后仰,队伍全乱套啦!

孙武大怒,马上命令将两个队长捆绑起来,推到队前,要斩首示众。两个妃子一见要来真的了,吓得哭哭啼啼,跪下求饶。吴王也走上前,向孙武求情。孙武板着脸,说:"将帅在军中,君王的命令可以不听!"马上命令将两个妃子推出去斩首。

孙武又重新指派了两个队长,这回击鼓传令时,队伍全部按照号令进行了整齐的操练。孙武对吴王说:"大王,行了,这支队伍可以上阵打仗了!"

吴王知道了孙武用兵的才能,就任命他为大将。孙武执法严明,终于使吴国成了春秋时的强国。

成语释义

出自《史记·孙子吴起列传》:"约束既布,乃设铁钺,即三令五申之。"

令:命令;申:表达,说明。人们把再三命令和告诫叫"三令五申"。

百步穿杨

春秋时,楚国都城的一个练武场上,好多壮士聚集在这里比试射箭,看的人真多呀!一位叫潘党的射手,三箭都中了靶上的红心。"好呀!"大家齐声喝彩。

这时,一位身材魁梧的大汉站出来,说:"这不算什么,百步穿杨才算真本领呢!"大家一看,是射箭名手养由基。养由基叫人在百步开外的杨柳树上选定一片树叶,涂上红色作记号。这么远,柳叶都看不清了,何况风吹柳枝,柳叶动个不停呢!壮士们你看我、我看你,谁都不敢射。养由基微微一笑,说:"那养某献丑了!"

养由基立定脚步,摆开架势,弯弓搭箭,"嗖"一箭射去,那支箭不偏不斜,正把那片涂上红色标记的柳叶射穿。看的人个个拍手叫好,欢声雷动。养由基见大家鼓掌助威,兴致更高,一口气射了100箭,真是百发百中,每箭都射中一片杨柳树叶,围着看的人个个都惊呆了。

一次,楚晋两国交战,烟尘冲天,杀声动地,楚共王亲临阵前督战,指挥楚军冲杀。晋将魏锜见了,远远一箭射来,射中楚共王的眼睛。楚共王血流满面,疼痛难忍,心里恨透了魏锜。楚共王马上召来养由基,给他两支箭,要养由基给他报仇。养由基接箭在手,乘车来到阵前,见魏锜正在那里耀武扬威。养由基弓弦一响,魏锜应声倒下,丢了性命。养由基把剩下的那支箭交给楚共王复命。楚共王高兴地说："名不虚传，真是养一箭呀！"

从此，"养一箭"的威名远扬，他在战斗中多次为楚国立下战功。后来，人们就用"百步穿杨"来形容射击本领高强。

成语释义

出自《史记·周本纪》："楚有养由基者，善射者也，去柳叶百步而射之，百发而百中之。"

它的意思是在100步远以外射中杨柳的叶子。形容箭法或枪法十分高明。

19

警示一生的成语故事

华而不实

春秋时候,晋国有个大臣叫阳处父。

有一次,他奉晋国国王的命令到卫国去处理一件事情。回来时路过鲁国一个叫"宁"的地方。由于天色已晚,便在当地的一家旅店住宿。当地有个叫宁赢的名人,听说了晋国的使者路过宁地并住宿在这里,就赶到旅店去看望他。

后来又跟随阳处父到晋国去,想干一番事业。

走到半路,宁赢忽然决定独自返回家中不在跟随阳处父。当他返回到家中,他的妻子很奇怪,问他为什么忽然独自回来,之前不是决定要跟随阳处父去晋国建功立业吗。

宁赢说:"阳处父这个人性子太急,遇事不能细致考虑,情绪都在表面上流露出来。特别是他嘴上总是滔滔不绝,讲得很好听,实际上并不是那样。正像有的树木只开好看的花朵、不结果实一样。依我看,这个人最终不会得到信任。别看他现在洋洋得意,说不定将来连性命都保不住啊!"

后来,阳处父果然被别人杀了。

这就是成语"华而不实"的来源。

成语释义

"华"就是古时的"花"字,"实"就是果实,"华而不实"就是只开花不结果实。引申为外表好看,而内心空虚。可以用它比喻辞句华丽、但没有内容的文章;也可用来形容夸夸其谈、言过其实的作风。

多行不义必自毙

春秋时,郑国的国王郑武公有两个儿子。他的妻子武姜不喜欢大儿子,而偏爱二儿子段。她总想让段作为郑武公的继承人,但郑武公一直没有答应。

郑武公死后,按规定长子继承了王位,这就是郑庄公。

庄公刚刚即位,武姜就迫不及待地为二儿子段请求封地,并点名要"制"这个地方。郑庄公为难地说:"制是军事要地,不能封给个人,如果是其他地方,我一定答应。"武姜又要他把"京"这个地方封给段,郑庄公只好答应了。

段到了封地京以后,就招兵买马,加高城墙。这些很快引起了大臣们的忧虑,要郑庄公赶快去制止。

庄公说:"没关系,谁坏事干得多,他一定会自取灭亡的,慢慢再说吧!"

没多久,段又策动西部、北部的两个边疆城镇分裂出去。有人赶忙报告庄公。庄公仍然说:"没关系,坏事干多了,一定会自取灭亡的!"

后来,段干脆把边疆这两个地方占据了,而且修整兵马,制造战车,并和住在国都的母亲商量好,以武姜作为内应,准备突然袭击

22

庄公。

　　这时,郑庄公才对大臣们下令说:"现在可以行动了!"于是,他派出大部队很快平定了段的叛乱。"多行不义必自毙"这句话后来成了成语。

成语释义

　　出自《左传·隐公元年》:"多行不义,必自毙,子姑待之。""毙"是死亡。这个成语是说,坏事干得多的人,一定不会有好下场的。

警示一生的成语故事

退避三舍

战国时期,晋国的国君晋献公立他的小儿子为太子,把他的另外两个儿子夷吾和重耳赶到国外去。

重耳在国外流亡了 19 年,到过许多国家,后来到了楚国。

楚成王一向敬重公子重耳,认为他迟早会回到晋国执政的。楚成王举行盛大宴会,热情招待了重耳。酒喝得正高兴,楚成王问重耳:"公子如果回到晋国执政,打算怎样来报答我呢?"机灵的重耳一听,知道他要的不是一般的礼物,是要为他向北扩张,称霸中原给予支持。重耳想了想说:"假如我能回到晋国执政,希望我们两国能友好共处。万一两国打起仗来,我一定指挥我的部队向后撤退三舍(古代行军,30里为一舍。向后撤退三舍,就是后撤 90 里),作为对人王恩惠的报答。如果我这样做了,还是不能得到您的谅解,我也只能竭尽全力,和您拼杀了。"

重耳的话,软中有硬。楚成王听了,认为重耳志向远大,心中很佩服他。第二年,重耳在秦王的帮助下回国,夺取了王位,当上国君。

过了几年,晋国与楚国为了争夺霸权,发生了一场战争。两国军队相遇时,重耳命令晋军后撤 90 里,报答楚成王的恩惠。由于楚军不肯罢休,继续挺进,晋军被迫反击,将楚军打败了。后来,人们就用"退避三舍"作成语。

成语释义

　　出自《左传·僖公二十三年》："晋楚治兵，遇于中原，其辟君三舍。"舍：古时行军计程以 30 里为一舍。意思是主动退让 90 里。比喻退让和回避，避免冲突。

惊弓之鸟

古时候，人们用弓箭射鸟打猎。如果光空拉弓、不放箭，是没法射下鸟儿的。可是，战国时魏国的射箭能手更羸，说他能只拉弓、不放箭也能射下鸟儿。

有一天，他跟魏王一起在花园里玩。这时，更羸看到天空有鸟儿飞翔，就对魏王说："大王，我只要空拉一下弓，鸟儿就会应声落下。"

魏王不相信，认为他在说大话。

过了一会儿，一只孤雁从东边飞来。更羸等大雁飞近头顶，他拿起空弓，对着大雁把弓拉满，突然，他把手指一放，弓弦"铮"地一声响起来。说来奇怪，那只大雁拼命地挣扎了几下，就像块石头一样掉了下来，落在花园里。

大家都惊呆了，不知说什么才好。

魏王惊奇地问更羸："怎么你真的不放箭就把它射下来了？"更羸笑着说："一般说，放空弓是没法将大雁射下来的。而这是一只受过箭伤的大雁。"魏王问："你怎么知道它受过箭伤？"更羸说："它飞得很慢，叫的声音也很悲惨。因为他受过伤，所以飞得慢；因为他离开雁群很久了，所以叫得悲惨。它的伤口还没好，看到弓就害怕。刚才它听到弓弦声，惊得拼命往上飞，伤口一下子挣破了，所以掉了下来。"

魏王和周围的人听了，都觉得他说得有理，一个个连连点头称是。后来，就有了"惊弓之鸟"这个成语。

成语释义

它的意思是被弓箭吓怕了的鸟不容易安定。比喻受过惊吓的人碰到一点动静就非常害怕。

一鼓作气

春秋时候，强大的齐国出兵进攻鲁国。鲁国有个叫曹刿（guì）的人，他虽然没有当官，但有胆有识，智勇双全。在鲁国面临生死存亡的紧急关头，他挺身而出，协助鲁庄公指挥军队抗击齐军。齐鲁两军在长勺摆开阵势，准备决战。

"咚咚咚！"齐军第一通战鼓擂响了！鲁庄公正要下令击鼓应战，曹刿摇摇头说："且慢，时机没有到！""咚咚咚！"齐军再次鼓声大作，曹刿仍然阻止鲁军出战。直到齐军第三次擂鼓以后，曹刿才让庄公擂鼓出击，"咚咚咚！"鲁军随着出击的鼓声，冲杀过去，扑进敌阵，勇猛无比，杀得齐军四处溃逃。

战斗胜利结束后，鲁庄公问曹刿为什么要这样做，曹刿说："打仗靠的是士兵的勇气，敲第一通鼓时，士兵的士气最为旺盛，这叫'一鼓作气'；敲第二通鼓时，士兵的士气已经衰落了；到敲第三通鼓时，士气就全没有了。"

庄公这才明白：齐军第三通战鼓敲过以后，士气已全消失了。而鲁军刚敲第一次鼓，士气最旺盛，所以能战胜齐军。什么时候擂鼓，什么时候出击，这里面学问大着呢！

成语释义

　　出自《左传·庄公十年》："夫战,勇气也。一鼓作气,再而衰,三而竭。""一鼓作气"这个成语,原指擂第一通战鼓时,士气最旺。现在用来比喻干事情要鼓足劲头,勇往直前,一口气干完。

倒行逆施

　　我国春秋时期,楚国的国王叫楚平王,这人凶残成性,杀了不少人。有个叫伍子胥的人,他的父亲和哥哥无缘无故地被楚平王杀死了。伍子胥只好逃跑。在他临离开家乡时,去看望好朋友申包胥,对他说:"我一定要灭掉楚国,为父兄报仇。"申包胥劝他不要走极端,伍子胥不听。申包胥发誓:"你能叫楚国灭亡,我也一定能让楚国复兴。"

　　伍子胥历尽千辛万苦,终于逃到了吴国。为了能借吴国的军队为自己报仇,他帮助吴王,使吴国强盛起来。后来又说服吴王亲自领兵攻打楚国,自己也跟随前往。吴军很快就攻占了楚国京城。

　　当时楚平王已死,他的儿子也逃跑了,伍子胥找不到仇人报仇。他憋在心头18年的怒火,再也按捺不住,找人带路,把楚平王的坟墓掘开。打开棺材一看,楚平王那具用药水浸过的躯体还很完整。他怒火冲天,抢起钢鞭,一口气打了300下。他一边打,一边喊叫:"你这个昏王,杀了我的父兄,今天该我报仇雪恨了!"

　　逃进深山的申包胥,见他的朋友为了报私仇而使自己的祖国灭亡,十分气愤,派人送信谴责他。伍子胥对来人说:"请你给我回去告诉申包胥,我能活的日子已经不多了,因为急于报仇,所以只好做事颠倒、违背情理了。"后来,就有了"倒行逆施"这个成语。

成语释义

出自《史记·伍子胥列传》:"吾日暮途远,吾故倒行而逆施之。"原来指做事违背情理,现在大多用来比喻违背时代的潮流干坏事。

警示一生的成语故事

螳螂捕蝉，黄雀在后

春秋末年，南方的吴国一天天强大起来。吴王为了扩大自己的地盘，决心攻打楚国。大臣们劝他不要攻楚。吴王不但不听劝告，反而下令："谁要是再敢劝阻我，我就砍谁的脑袋。"

吴王的侍从有个儿子，年纪虽小，却很聪明。他想了个办法去劝吴王。

一清早，他带着弹弓和泥丸，来到王宫的后花园里。他仰着头，望着树梢，装作打鸟。吴王看见了，问道："孩子，你在干什么？"这孩子把手中的弹弓一扬，轻轻地说："大王，我在这里打鸟呢！你看那棵树上的一只知了，它一边唱着，一边吸着露水，高兴得很，哪里知道身后有只螳螂正想捕捉它呢。"吴王笑了笑，说："孩子，螳螂捉知了，这是常见的事，没啥稀奇。"这孩子又说："大王你再看，那只螳螂悄悄地爬近知了，弯着前腿，伸出前臂，正想捕捉知了呢。它以为捕捉知了是轻而易举的事，哪里知道它的背后有只黄雀正伸长脖子，准备向螳螂一口啄去呢！"

他拿起弹弓，装上泥丸，说："黄雀一心想吃螳螂，它哪里知道我的弹丸已经瞄准了它。知了呀、螳螂呀、黄雀呀，它们只看到眼前的利益，都没有想到背后的祸患，我真为它们伤心。"

吴王听了孩子的话，猛然懂得了其中的道理。吴王连声说："对！对！孩子，你讲得很有道理。"

从此以后，吴王再也不提攻打楚国的事了。

成语释义

比喻目光短浅，只想到算计别人，没想到别人在算计自己。

一鸣惊人

我国战国时期,齐国有个国君叫齐威王,他做了3年国君,却从不问国家大事,有事让大臣去办,自己只顾吃喝玩乐,把国家搞得乱糟糟的。

别的诸侯国看到齐国衰落了,乘机侵占了齐国大片土地,齐国面临着亡国的危险。齐国的官员都很着急,但是又不敢当面指出齐威王的错误。

有个臣子叫淳于(复姓)髡(kūn),这人很机灵。他知道齐威王喜欢猜谜语,一天,他给齐威王猜个谜语:"我们国家有一只大鸟,停歇在王宫,已经有3年了,可是它从来没有飞过一次,也没有叫过一声,大王知道这是什么鸟吗?"

齐威王知道说的是自己,于是笑着说:"这只鸟要么不飞,一旦飞起来就直冲云霄;要么不叫,一旦叫起来就让人大吃一惊。你不要再说了,我已经明白你的意思了。"

从此以后,齐威王亲自处理国家大事。他还采取了一系列的措施,发展生产,让老百姓安居乐业。同时,他又整顿军队,加强训练,提高部队的战斗力。

其他国家的君主对齐威王突然奋发起来,感到吃惊,纷纷归还以前侵占的土地,齐国又渐渐强盛起来。

成语释义

鸣:鸟叫。一叫就使人震惊。人们后来就用"一鸣惊人"这个成语来比喻平时默默无闻的人,一下子做出了惊人的成绩。

滥竽充数

竽是古代的一种乐器,就像现在的笙,吹起来,声音非常悦耳。

战国时,齐宣王非常喜欢听吹竽。他不喜欢独奏,而最爱听竽合奏,合奏声既悦耳动听,又雄浑壮丽。他招收了一大批乐手,为他在王宫里演奏。

这些乐手享受很高的待遇,吃得好,穿得好,生活很优裕。

齐宣王嫌乐队还不够大,想组织一个 300 人的大乐队。

有个名叫南郭的人,根本不会吹竽,为了过上好日子,跑到齐宣王那里,吹嘘自己吹得怎么好。也加入了乐队,从此过上了好日子。

每当齐宣王要欣赏音乐时,就把乐队找去。南郭先生混在乐队里,捧着竽,鼓着嘴,摇头晃脑地作出吹竽的样子。由于乐声很响,乐手们专心吹奏,谁也不知道他不会吹竽,只是凑个数,混在里面做样子。

就这样,南郭先生舒舒服服地过了几年快活日子。

没想到,齐宣王突然生病死了,他的儿子做了齐国国君。这位新国君也爱听人吹竽。可是,他偏爱听独奏,不喜欢几百人合奏。

他让乐队里的乐手一个一个地吹给他听,这可急坏了南郭先生。他是一点儿也不会吹呀。眼看就要落个欺骗国君的罪名了,连性命都难保啦。这样一想，他当天夜里就偷偷地溜了。

成语释义

滥：失实的，假的。这个成语，用来比喻没有真本事，到处招摇撞骗。有时，也用来表示谦虚，表示自己没有什么本事，参加某项工作只是凑个数。

画蛇添足

　　楚国有个大官儿,这天在祭祀祖先。他见门客们一个个都很卖力,事情办完后,便赏给他们一壶酒。

　　这壶酒,要让大家都喝,一人只能喝一口;如果给一个人喝,倒可以美美过一下瘾。可给谁喝好呢,大家一商议,这样吧,每人在地上画蛇,谁先画好,这壶酒就归谁。

　　大家就在地上画起蛇来。有个人先把蛇画好,拿起酒壶刚想喝。可他四下一看,别人都没画好呢。他得意地说:"我还可以给蛇添上脚呢!"于是,他左手端着酒壶,右手给蛇画脚。就在这时,另一个人已经把蛇画好了。这人一把夺过酒壶,说:"蛇本来就没有脚,你怎么能给蛇添上脚呢?"说完,便乐滋滋地喝起酒来。

　　这个画蛇添足的人,已经到手的酒又失掉了。

成语释义

　　这个成语的意思是画蛇时给蛇添上脚。比喻做了多余的事,非但无益,反而不合适。也比喻虚构事实,无中生有。

一字千金

战国时,中国分成许多小国,这许多小国的一些贵族喜欢把有才能的人养在家里,随时为自己服务。这种依靠权贵生活的人叫"门客"或"食客"。贵族靠门客办好不少事,声望很高。

秦国有个大商人,名叫吕不韦。他花了不少钱,想了不少办法,终于当上了相国(相当于后来的宰相)。他有权又有钱,还要捞取名声,就花很多钱招请了 3000 个有学识的门客,其中有不少很会写文章的人。

吕不韦就要他们各自发挥自己的特长,搜集各种见闻来写书。

经过几年的努力,门客们写成了一本 20 多万字的书。吕不韦看了非常满意,给这本书取名叫《吕氏春秋》。

书写好了,怎样才能使它的名声大起来呢?他就把这部书放在京城咸阳公开展览,从国内外请了很多知名人士来阅读,还在书旁放了 1000 两黄金,公开宣布:"谁要是能给这部书增加一个字或者是减少一个字,就赠给他 1000 两黄金。"

参观的人很多,时间一天天过去了。居然没有一个人敢来改一个字。

其实,人们都知道吕不韦是想借这部书来宣扬自己的名声,谁还敢来改它呢？

成语释义

出自《史记·吕不韦列传》："布咸阳市门，悬千金其上，延诸侯游士宾客有能增损一字者予千金。"人们用"一字千金"来形容文章写得好，很有价值。

擢发难数

战国时,魏国有个大臣,名叫须贾。须贾手下有个当差的,名叫范雎(jū),这人很有才能。

有一次,须贾出使齐国,带着范雎一块儿去。几个月过去了,须贾都没有见到齐王。齐王却仰慕范雎的才能,给他送去了不少礼物。范雎不敢接齐王的礼物,坚决推辞。须贾知道了这件事,心里窝火,认定是范雎捣了鬼。回国以后,他派人打断了范雎的肋骨,敲落了他的牙齿,还是不肯罢手,范雎忍受不住,只好装死。须贾派手下人用草席把他包起来,扔在厕所里。当时,须贾家有很多宾客,宾客们喝醉了都往他身上撒尿,说是惩罚奸细。

好心的看守知道范雎没有死,便向须贾提出请求:"让我把草席里的死尸拿出去扔了吧。"须贾醉醺醺地说:"行,快拿出去扔了!"这样,范雎才逃脱出来,到了秦国。

范雎改名为张禄,受到秦王的信任,当上了秦国国相。

过了几年,秦国派兵攻打魏国,魏国抵挡不住,被迫派须贾到秦国求和。

须贾不知道,秦国的相国张禄就是改了名的范雎。他很想通过张禄向秦王说些好话。范雎知道了须贾的来意,就扮作张禄的车夫去见须贾。由于时间久了,须贾已经认不出范雎来,并请他带路去见张禄。

到了相府门口,范雎让须贾在门口等候,自己先进去。须贾等了好久,不见车夫出来回话,他就向守在门口差人打听消息,这才知道,刚才进去的车夫就是改名叫张禄、做了秦国相国的范雎。这下,须贾吓坏了,赶紧脱下衣服,跪着去请罪。范雎问他:"你到底有多少罪?"须贾惊慌地说:"拔光我的头发,用来计算我的罪,也还不够用。"

成语释义

"擢",读 zhuó,拔下的意思。人们用"擢发难数"这条成语比喻罪行多得没法计算。

取而代之

秦始皇统一全中国之后,为了巩固他的统治,实施他的政策,也为了显示他的威风,经常到全国各地巡游。

有一次,秦始皇巡游到了浙江,人们都赶来观看。年轻的项羽跟着叔父项梁也挤在人群中。秦始皇穿着盛装,前呼后拥,好不威风。项羽看了,情不自禁地说:"这个皇帝可以由我们来代替他去做啊!"站在他旁边的项梁听见可吓坏了,赶忙用手捂住项羽的嘴巴,悄声说:"不要乱说,胡说八道是要灭族的!"从此以后,项梁觉得项羽很不简单,就更加器重项羽了。成语"取而代之"就是这样来的。

成语释义

"取"是夺取,"代"是代替,"之"是他,指被代替的人。现在常常用来表示用一个人或事物代替另一个人或事物。

警示一生的成语故事

多多益善

谁都知道，韩信是一位中国历史上著名的军事家，他是汉高祖刘邦手下的一员大将，为汉朝开疆辟土，建立了不朽的功勋。韩信有很多战斗的故事流传下来。

刘邦虽然佩服他的军事才能，但又怕他的权力过大，不听指挥，于是想方设法削弱韩信的兵权，并找机会把他抓了起来。

后来虽然赦免了他，但还是把韩信由齐王降职为淮阴侯。

有一次，刘邦与韩信议论起将领们的才能。

刘邦问他："你看像我这样的人，能指挥多少人马呢？"

韩信说："陛下最多能带领 10 万人！"

刘邦又问道："那么你自己能带多少人马呢？"

韩信回答说："对我来说，那是越多越好。

刘邦听了不服气地说："既然你本领这么大，为什么反而被我抓起来了呢？"

韩信说："您虽然不善于带兵，却善于控制将领啊。这不就是我被您抓住的原因吗？"

成语"韩信将兵，多多益善"就是从这个故事来的。

成语释义

　　出自《史记·淮阴侯列传》记载。"将"是带领、统率的意思。"益"是更加。这两句可以同时使用,也可以单独使用。现在一般用"多多益善"表示越多越好。

死灰复燃

西汉时,有位官员名叫韩安国,他有本领,会办事,上司对他很赏识,下级对他很爱戴,可也有人妒嫉他。有一次,几个人商议好了,一起诬告他,韩安国有口难辩,被关进了监牢。

看管他的狱吏名叫田甲,这是个专门欺上压下的小人,他见韩安国落了难,不但不同情他,反而鸡蛋里面挑骨头,找岔子侮辱韩安国。

韩安国是个直性子,哪里受得了这些?

他霍地站起来,气愤地说:"田甲,你看我坐牢就这样对我,你当我是一堆死灰,不能再燃烧起来吗?"

田甲嘿嘿一笑:"你在这儿,就得听我的!你这堆死灰烧吧,能烧起来,我就撒泡尿浇熄它!"听了这话,韩安国脸都气白了,再也说不出话来。

后来,韩安国的冤案被查清了,他被释放出来,官复原职。他想想在狱中受到田甲的侮辱和欺压,越想越气,要找田甲算账,可田甲听到风声,早就溜之大吉了。韩安国火气更大了,拍着桌子说:"田甲不回来,我就杀了他全家老小!"

田甲是个软骨头,听到这消息,吓得连夜赶回来,到韩安国面前请罪。韩安国哈哈大笑,讥讽地说:"田甲,你没想到,死灰真的复燃了,你撒尿吧!"田甲哪里敢讲话？只是跪在地上连连磕头。韩安国见田甲这样,也不再与他计较,最后还是饶了他。

成语释义

"死灰复燃"指灰烬重又燃着,比喻失势的人重新得势。

现在多用以比喻已被消灭的恶势力或坏思想重新活跃起来。

警示一生的成语故事

邯郸学步

古代战国时,传说赵国都城邯郸的人,走起路来姿势特别优美。燕国寿陵地方有个少年就专门到邯郸去,准备好好地学一学。

到了邯郸,他就天天到街市上去,观察邯郸人走路的各种姿势。他一边看,一边模仿。今天学学这种,明天又学学那种,结果哪种姿势也学得不像,临到要回去时,弄得连自己原来是怎么走路都忘记了,只好爬回燕国。成语"邯郸学步"就是从这个故事概括出来的。

48

成语释义

这个成语用来讽刺那种在学习上只知生硬地摹仿,而不是去借鉴、创新,结果非但学不到人家的长处,反而把自己的长处也弄丢了的人。

尔虞我诈

战国时候，楚国围攻宋国的都城，相持好几个月攻打不下。楚国国王楚庄王决定撤退。

替楚庄王驾车的申叔时出主意说："不必撤退，咱们只要在阵地上修建房屋，让士兵就地种田，做长久包围的打算，宋国人害怕。就会投降的。"

楚庄王采纳了申叔时的建议。宋国见楚国做了长期打算，果真慌乱起来。

没想到，一天夜里，宋国的大臣华元潜入楚军驻地，摸到楚军主帅子反的床边，将他拉下床来。华元对子反说："我们的国君要我告诉你，我们现在粮草虽很困难，但斗志很旺盛。我们宁肯整个国家毁灭，也决不向你们屈服！如果你们答应后撤 30 里，那一切都好商量。"

子反在华元的威逼下，只好答应了宋国的条件。

于是楚军后撤了 30 里，楚宋两国签订了和约。

和约上写着"尔无我诈，我无尔虞"的话，意思是"你们不要欺骗我们，我们也不欺骗你们。"后来人们把"尔无我诈，我无尔虞"简化成了"尔虞我诈"这句成语。

成语释义

　　"尔虞我诈"现在的意思和原意完全相反。"尔"是"你"或"你们","诈""虞"都是欺骗的意思。"尔虞我诈"是说相互之间毫不信任,只是玩弄手段,你欺骗我,我欺骗你。

危若累卵

我国战国时期,有个国王叫晋灵公。这是个只图自己享乐,不顾人民死活的暴君。他强迫老百姓放下手中的农活,给他造一座宏伟壮丽的九层高台。谁提出反对意见,他就砍谁的脑袋!

有个名叫荀息的老臣求见晋灵公。他一进门就声明:"我不是来提什么意见的,只是耍套把戏,让您高兴高兴。"说着,他从口袋里掏出 12 颗棋子和 9 个鸡蛋放到桌上,然后铺在地上,搭成一个平台,又把 5 个鸡蛋竖着放在棋子上。再拿 3 个鸡蛋,小心地放上去。谁知鸡蛋又圆又滑,一不小心就滚了下来。

荀息放了一次又一次,总算把 3 个鸡蛋放上去了。他把最后 1 个鸡蛋往上放时,晋灵公和周围的人都很紧张,连大气都不敢出一口。最后 1 个鸡蛋终于放上去了,晋灵公松了口气,连声说:"好险哪!好险哪!"

荀息一看时机到了,这才认真地说:"大王要造 9 层高台,可比我刚才玩的把戏危险多了。在这 3 年里,老百姓不能耕地、织布;吃的、穿的从哪里来?邻国看到我国发生了危机,就会乘机攻打我们,那就有亡国的危险。那时候,您在那九层高台上还能望见什么呢?这不是比我刚才堆鸡蛋还要危险吗?"

晋灵公听了荀息的一席话,恍然大悟,就下令停止建造九层高台。

成语释义

　　"累",是重叠堆积的意思。后来,人们就用"危若累卵"这条成语比喻局势、情况十分危险。

鸡鸣狗盗

战国时,齐国的孟尝君田文慷慨好客,广招天下人士,门下的食客有3000多人。

田文的声望越来越高,秦昭王对他很敬慕,专门派使者迎接他到秦国去,并请他担任秦国的丞相。可有人暗中对秦王说:"让齐国人当秦国丞相,太危险了!"

秦王听了这话,便把田文和他的门客软禁起来。

为了营救田文,他手下的门客中有个人从狗洞中钻进宫中,学着狗叫骗过卫士,从库房中偷出一件白狐皮大衣,送给秦王最宠爱的燕姬。经过燕姬甜言蜜语劝说,秦王下诏书放田文回国。

田文怕秦王反悔,连夜带领门客动身,可来到边境上的函谷关时,天还未亮,按照秦国的规矩,每天早晨,要到鸡叫的时候才开关放人。

田文心急如火,有个门客灵机一动,马上学起公鸡叫:"喔喔喔——"真是一啼百应,引得远近的公鸡一起叫了起来。守关的兵士听到鸡叫,以为天快亮了,起身验看了诏书,打开城门放田文他们出关。

秦王一觉醒来,想来想去,放走田文是心腹大患,火速派兵追到函谷关,可迟了一步,田文已出关走了。田文这次能活着逃回齐国,是会"狗盗"和"鸡鸣"的两位门客帮了大忙。

成语释义

鸣:叫;盗:偷东西。人们将那些有微末小技的人称为"鸡鸣狗盗"之士。

起死回生

战国时,有位民间医生,名叫秦越人,他的医术十分高明,热心为大家治病,大家把他比作传说中的神医扁鹊,称他扁鹊大夫。

一次,扁鹊路过虢(guó)国,听说虢国太子突然病死了。扁鹊觉得可疑,连忙赶去诊视。

宫门前,守卫的将士身穿白衣白甲,正忙着在门两边挂白绸素花,看样子是在准备给太子办丧事了。一听说扁鹊大夫求见,虢国国君亲自出来迎接。扁鹊风尘仆仆,顾不上休息,马上来到太子身边察看。

太子面色灰白,鼻息全无,乍一看,真是死了。扁鹊抓住太子已经发冷的手腕,搭脉搭了好半天,依稀还感到有极微弱的脉搏跳动。他肯定地对虢国国君说:"太子没有死,他患的是一种昏迷症,还能救过来!"

国君听了半信半疑,说:"先生若能救活太子,一定重谢!"

扁鹊取出金针,选好穴位,叫徒弟用针灸疗法给太子治病。不一会,太子轻轻吁了一口气,果然苏醒了过来。扁鹊又精心治疗了一段时间,太子完全恢复了健康。

虢国国君大喜过望,宫中的人奔走相告:"扁鹊大夫叫太子起死回生啦!"扁鹊却谦虚地说:"我可没有起死回生的本领,只是因为太子没有真正死去,我才能把他医治过来。"

成语释义

　　"起死回生"这成语,比喻能把快要死亡的病人救活,多用来形容医生的医术高明。

两败俱伤

战国时,有个勇士名叫卞庄子,他个头又高又大,两只胳膊又粗又壮,浑身的力气大得惊人。一次,两头水牛发起了脾气,瞪圆了发红的眼睛,亮出锋利的牛角,厮打成一团,看的人离得老远老远,谁也不敢上前。这卞庄子冲上前去,一手抓住一只牛角,运足力气,硬是把两头牛分开了。从此以后,卞庄子威名远扬,大家都知道他力大无穷,是位勇士。

这天,他住在旅店里,见大街上的人慌慌张张拼命逃跑。卞庄子上前一打听,人们说是前面有两只猛虎。别人怕,卞庄子可不怕,他跑去一看,果然有两只斑斓猛虎,它们咬死了一头水牛,为了争吃牛肉,正在那儿恶斗哩!

卞庄子决心为民除害,他"唰"地拔出宝剑,就要上前杀虎。"慢,"旅店的伙计一把拉住他,"你等等再去。"

卞庄子没有领会伙计的意思,生气地说:"为民除害,我卞庄子可不怕死!"

伙计说:"壮士,我的意思是让二虎相斗,两败俱伤,你杀虎就容易了。"

卞庄子一想,这话有道理,便耐下性子等待。果然,两只猛虎拼命厮打了一会,一只老虎死了,另一只老虎也受了重伤,躺在那里奄奄一息。伙计对卞庄子说:"壮士,现在你去吧!"卞庄子拔剑上前,轻而易举杀死了老虎。

成语释义

出自《史记·张仪列传》。人们用"两败俱伤",来比喻争斗的双方都受到损伤。

歧路亡羊

战国时,魏国有个著名的思想家,名字叫杨朱。杨朱有许多学生。一天,他正在屋里给学生讲学,他的邻居跑来请他帮忙。

原来,他的邻居跑失了一只羊,那家人全体出动,到外面找了半天,没有找到,现在来跟杨朱商量,请他一块儿去找。杨朱问道:"跑了一只羊,为什么要这么多人去找?"邻居叹了口气,说:"岔路太多,不容易找呀!"杨朱看在邻居的面上,就叫学生们跟着他们一起去找。

那时候,天已经黑了,人们有的举着火把,有的提着灯笼,向羊跑失的方向找去。他们一直找到天亮,也没有见到羊的影子,一个个精疲力尽地回来了。

杨朱奇怪地问:"这么许多人,花了这么多的时间,怎么还没找到?"

邻居丧气地回答说:"唉,谁知道岔路里还有岔路,我们不知道该死的羊究竟是从哪一条岔路跑失的,只好回来了。"

杨朱听了,半晌说不出话。他整天思考着这个问题,脸上也失去了笑容。

他的学生们觉得奇怪,问:"先生,一只羊不值什么钱,再说,也不是您的羊,您为什么闷闷不乐呢?"

杨朱沉默了好一会,才开口说:"学习不跟找羊一样吗?要是认不准方向,同样也会在岔路中迷失方向的呀!"

成语释义

出自《列子·说符》:"大道以多歧亡羊,学者以多方丧生。"歧路:岔路;亡:丢失。人们用"歧路亡羊"这条成语比喻事情错综复杂,使人理不清头绪,最后劳而无功。

毛遂自荐

战国后期,秦将白起在长平大败赵军,秦军乘势长驱直入,包围了赵国的都城邯郸,赵国的形势万分危急。

赵王要平原君赵胜出使楚国,求兵解围。赵胜把门客们召集起来,要挑 20 个文武全才的人一起去。可他挑来挑去,还差 1 人。

这时,门客毛遂自荐说:"我算一个!"

这毛遂平日普普通通,没看出他有多大本领,毛遂再三请求要去,赵胜才勉强答应了。

到了楚国,楚王只准赵胜一人上殿议事,两人从早晨谈到中午,也没有结果。发兵救赵,刻不容缓呀!

毛遂再也忍不住了,他大步踏上台阶,高声说:"发兵的事,不是有利就是有害,不是有害就是有利,这么简单的事,为什么到现在还不决定?"

楚王怒气冲冲地喝道:"退下!我和你主人说话,你来干什么?"

毛遂按剑在手,厉声说:"大王,你我相距不到 10 步,你的性命在我手中,你凭什么呵责我?"他大步上前,将出兵救赵有利楚国的道理,说得既清楚又明白,楚王听了,连连点头,答应马上出兵。

不久,楚、魏等国联合出兵,秦军见势不妙,赶紧退兵,邯郸解围了。从此,平原君把毛遂奉为上宾,他感慨地说:"毛先生到楚国,真可谓是一言九鼎呀!"

成语释义

这个成语比喻自告奋勇,自己推荐自己担任某项工作。

自相矛盾

有个楚国人,既卖矛又卖盾。

这天,他来到集市上,放声吆喝起来:"卖矛喽! 卖盾喽!"不久就围上了一圈看热闹的人。

他举起盾,吹嘘起来:"诸位,请看我这盾,精工制造,用料讲究,坚固无比,随你什么锋利的东西,都不能刺穿!"

他放下盾,又拿起矛,夸耀说:"再看这矛,千锤百炼,精心打造,锋利极了,再坚固的东西,也能一戳而穿!"

看热闹的人中间,有一位很会动脑筋,听了他的话,马上问道:"老兄,拿你的矛,刺你的盾,会怎么样呢?"

这个楚国人张口结舌,一句话也答不上来了。

成语释义

矛:进攻敌人的刺击武器;盾:保护自己的盾牌。比喻自己说话做事前后抵触。

刻舟求剑

楚国有个人，要到江对岸去。他登上渡船，船缓缓向江中驶去。

这天江上风浪不小，一个浪头打来，渡船颠簸起来。这人左摇右晃，好容易才站稳脚跟。可慌乱中不小心，他的宝剑掉到了江里。他灵机一动，急忙在船上刻了个记号，自言自语地说："这是宝剑掉下去的地方。"

等到船靠了岸，他就从刻着记号的地方下水去找宝剑。可捞来捞去，半天也没有捞到。

船已经走了，掉到江里的宝剑并没有走，像他这样来找宝剑，不是太糊涂了吗？

64

成语释义

"刻舟求剑"这句成语来比喻拘泥固执，不知变通。

先发制人

　　秦始皇死后没几年，各地老百姓起来造反，要推翻秦王朝。有一支军队的领头人是项羽。

　　项羽年轻的时候，曾跟随他的叔父项梁住在会稽。

　　会稽的郡守叫殷通。他眼见各地纷纷起义抗秦，秦朝已有不少官吏被杀，心里很害怕，于是就把项梁找来分析形势。

　　殷通对项梁说："现在，长江以西的人民都起来造反了，这是消灭秦朝的好时机啊！先下手的能制服别人，后下手的就被别人制服。我想趁此机会，赶快发兵，请你和桓楚来带领！"

　　项梁听了，说："桓楚现在逃亡在外，我侄子项羽知道他住在什么地方。"

　　项梁说完就出去找项羽，悄悄地布置了一番，并嘱咐项羽带着剑在室外等候。安排完毕，项梁又回到殷通那里说："现在你就让项羽进来，吩咐他去找桓楚吧！"

　　殷通高兴地说："好呀，叫项羽进来！"

　　项梁立即一声召唤，项羽应声带着剑进来了。殷通正要站起来迎接、项梁使个眼色，项羽突然拔下佩剑就砍掉了殷通的脑袋。于是项梁佩戴着殷通的官印，手提着殷通的头，宣布自己是郡守，项羽是副将，举起了反秦的旗帜。

成语释义

成语"先发制人"就是从项梁说的"先发制人，后发制于人"中摘引来的。"发"是发动，"制"是制服。这个成语强调要争取主动权。也有先下手为强的意思。

芒刺在背

我国汉朝有个大臣,名叫霍光,他很受皇帝汉武帝的信任。在汉武帝晚年,霍光被封为大将军。汉武帝死后,他又辅佐年幼的汉昭帝当皇帝。朝廷里的大事都由霍光决定。

汉昭帝死后,由昌邑王继位。这人不干正事,霍光对他很不满,就把他废掉了,另立了汉宣帝。

由于霍光地位高,权力大,汉宣帝也很怕他。

一次,汉宣帝要去庙里烧香,霍光陪同,与宣帝同乘一辆马车,在车上,宣帝非常紧张,感到如同有细小的芒刺扎在背上一样不舒服。

67

成语释义

"芒"是指谷类种子壳上的细刺,"芒刺"就是细小的刺。后来用"芒刺在背"来形容因为恐惧或有某种心事而坐立不安的心情。

有志竟成

东汉时候，汉光武帝刘秀手下有一员猛将，名叫耿弇。有一回，刘秀派他去攻打地方豪强张步，战斗非常激烈。后来耿弇的大腿被一支飞箭射中，他抽出佩剑把箭砍断，又继续战斗，终于把敌人打得大败，攻下了祝河、历下、临淄。汉光武帝表扬了耿弇（yǎn）。并且感慨地对他说："将军以前在南阳时提出攻打张步，平定山东一带，我当初还觉得计划太大，担心难于实现，现在我才知道，有志气的人，事情终归是能成功的！"

68

成语释义

它是由"有志者，事竟成"这句话简化来的。"志"是志气，"竟"是终于。这个成语说明，人只要有志气、有决心，尽管会遇到各种困难和挫折，目标也一定能够达到的。

噤若寒蝉

东汉时候,有个地方官叫杜密。年老后,他回到家乡养老,但非常关心家乡的事情,经常向当地的太守提出建议,或批评一些不良现象。太守王昱为此很不高兴。另一个在外地做官的刘胜,回乡后跟谁也不来往,对家乡的事情从不过问。王昱对他就很满意。

一次,王昱故意当着杜密的面,用佩服的口气说:"刘胜可真是清高啊,他从不多管闲事,很多人都赞扬他呢!"杜密一听,就明白这是王昱用赞扬刘胜来责备自己,便说:"刘胜做过大官,见过世面。可是现在,他看到好的不推荐,看到坏事不揭发,只顾爱惜自己的名誉,就像冷天的蝉一样,一声不吭,其实这是自私自利呀!"

杜密的话,说得王昱羞惭满面。从此他改变了对杜密的态度。杜密批评刘胜的比喻"噤若寒蝉",后来就成了成语。

成语释义

"噤"是闭口不作声。"蝉"是夏天躲在树上叫的知了,"寒蝉"就是冷天的蝉,这时的蝉已经不能叫了。现在一般用这个成语来比喻那种胆小怕事或遇事一声不吭的人。

警示一生的成语故事

梁上君子

东汉时候，有个叫陈寔(shí)的人，办事公正。受到人们的尊重。

有一次，一个小偷溜进了陈寔的家里，躲在房梁上，被陈寔发现了。但陈寔只当没看见，他把儿孙们喊醒，叫到自己屋里，教导他们说："一个人对自己应当从严要求，不然就会干坏事，走邪路。有些人原来并不坏，而是对自己放松了要求，慢慢地变坏了的。像蹲在梁上的那位君子，不就是这样的吗？"

躲在梁上的小偷听了，大吃一惊，知道自己早已被陈寔发现，连忙从房梁上跳下来，向陈寔磕头请罪。陈寔对他说："你大概是因为生活上贫困，才不得不这样做的吧？"说完，就送给小偷两匹绸缎，并劝他改邪归正。小偷感激不尽，据说，从这以后，这一带就再没有出现过小偷。

70

成语释义

成语"梁上君子"就是从这个故事来的。"梁"是房梁，"君子"是古代对有教养的读书人的称呼，用在这里含有幽默讽刺的意味。后来"梁上君子"被用作小偷、窃贼的代称。

一身是胆

三国时期,刘备手下有员大将,名叫赵云。有一年,曹操率领大军来攻打刘备。刘备派赵云、黄忠守住关口要道,迎战曹操。

两国军队在汉水两岸驻扎,相持了十几天。这时,赵云得到情报,知道曹操军队的粮草堆放在汉水东岸的北山下。他就和黄忠商量去夺粮草。他俩约好,黄忠带领人马去抢,赵云领兵在后面接应。黄忠领兵来到北山,不料,只见这儿粮食堆积如山,奇怪的是守粮的士兵却很少。黄忠知道中计,正打算传令撤兵。这时,曹操的大将张郃、徐晃从两路冲杀过来。黄忠一面应战,一面指挥部队后撤。曹操的军队紧追不放,一直追到汉水边。正在接应的赵云,见黄忠逃了过来,知道计划失败,他大吼一声,把追在前面的曹军杀得四下逃散,救出了黄忠。

张郃、徐晃从后面赶了上来,连忙稳住阵脚。一看赵云的人马不多,又追杀过来。

守营的士兵看到来势凶猛的曹军,有点着急,对赵云说:"追兵来了,怎么办? 赶快关上营门死守吧!"

赵云把手一摆,说:"慌什么! 把营门全打开,旗帜都收起来,鼓也别敲了,让所有的弓箭手都伏在壕沟里。"

曹军冲到营门前,看见赵云一个人横着马握着枪在营门外,反倒愣住了。他们生怕中了埋伏,不敢向前。赵云把枪一摆,伏在壕沟里的弓箭手一齐发箭。曹军一下子就乱了,拼命往后逃。赵云、黄忠乘胜追击,曹军被打得大败。

第二天,刘备到军前视察,听说了昨天的交战情况,称赞赵云说:"赵云一身都是胆呀!"

成语释义

出自《三国志·蜀书·赵云传》注引《云别传》:"先主明旦自来,至云营围视昨战处。曰:'子龙一身都是胆也!'"这个成语形容某个人的胆量很大,无所畏惧。

警示一生的成语故事

望梅止渴

三国时期,刘备、孙权、曹操三家争夺天下。有一次,曹操带着军队去作战,正遇上烈日当头,天气炎热,附近又找不到水源,士兵们口干舌燥,精疲力尽,一个个懒洋洋的,都躺到路边,不想赶路了。

曹操也很焦急。忽然,他想出了一个主意。便举起马鞭,往前一指,对士兵们说:"看! 前边不远有一片梅林,结的梅子个儿都挺大,赶到那里,我们再好好休息吧。"

士兵一听这话,想起那又甜又酸的梅子,口水直流,也不觉得渴了,都来了精神,一个个加快了步伐,坚持走到了有水的地方。

成语释义

此成语原意是指看到梅子,嘴里就会有津液诞出。现在用它比喻愿望不能实现,只好用空想来安慰。

乐不思蜀

朋友们都听说过"扶不起的刘阿斗"这句俗话吧？

刘阿斗名叫刘禅，是三国时蜀国国君刘备的儿子。他又笨又懒，贪图玩乐。

刘备知道自己的儿子没有能力治理好国家，更别说开疆辟土。他因战斗中受伤，而一蹶不起，在白帝城临死前请求诸葛亮尽力扶助他治理蜀国。

刘备死后，刘禅做了蜀国的皇帝。朝廷里的大事都交给诸葛亮去处理，自己过着花天酒地的生活。

诸葛亮死后，魏国大将邓艾领兵攻打蜀国，很快就攻到蜀都，随后强迫刘禅全家迁往魏都洛阳。

到了洛阳，魏国国王封他为"安乐公"，赏给他住宅、钱财，将他养起来。

74

有一天，魏国国王摆下酒宴招待他。酒宴上，魏王故意安排表演蜀国的歌舞。刘禅的随从看了表演，想起了灭亡的蜀国，没有一个不流眼泪。只有刘禅越看越高兴，嘻嘻哈哈的，没有一点儿悲伤的表情。

魏王问刘禅："你在这里过得怎么样啊？还想不想念蜀国呀？"刘禅高高兴兴地回答说："我在这里过得很快活，一点儿也不想念蜀国。"

成语释义

比喻贪图眼前的快乐，忘记了过去的痛苦，不想念自己的故乡。

对症下药

华佗，是我国历史上有名的医学家，他的医术可高明了。那时，有两个州官，一个名叫倪寻，一个名叫李延，两个人都得了头痛发热的毛病，浑身不舒服，同时来请华佗医治。

华佗先给倪寻作了仔细的检查，然后又给李延作了仔细的检查，随后，提起笔来，开了两张不同的药方。倪寻吃的是泻药，李延吃的是发散药。

药是治病的，可不能吃错呀。倪寻觉得奇怪忍不住问："我头痛发热，浑身不舒服，他的症状也和我一样，为什么让我吃泻药，要他吃发散药？"

华佗理解病人的心理，耐心地解释道："你们两人的病看起来差不多，实际上不一样。"

他看着倪寻说："你的病是吃得太多伤食引起的，所以要吃泻药。肚子里的东西泻完了，病也就好了。"

他又转过身对李延说："你的病是受寒感冒引起的，所以要吃发散药。多喝点水，多出些汗，病也就好了。"

倪寻和李延听了，连连点头。华佗把生病的原因都讲得一点不错，当然不会开错药方。

他俩吃了华佗的药,第二天病就好了。"对症下药"这句成语就是这么来的。

成语释义

对症下药用来比喻针对具体情况,采取恰当有效的解决办法。

刮目相看

三国时,东吴孙权手下有一员大将,名叫吕蒙。他15岁从军,东征西战,在战斗中冲锋陷阵,奋不顾身,多次立下战功,很得孙权的喜爱,31岁时就升为横野中郎将。

吕蒙从小家境贫穷,识字不多,从军后因为战斗频繁,学习的机会也很少。

孙权多次对他说:能上阵杀敌,不过是一个武夫;会攻坚守城,也不过一般的武将,不能派大用;文武双全,有勇有谋,那才是了不起的将军。吕蒙听了,很受启发,决心发愤学习。白天一有空闲,就手不离书,晚上呢?每晚都在烛光下学到深夜。天天如此,从不间断。

二年后,东吴都督鲁肃到吕蒙的防地来巡视,见吕蒙布防井井有条,讲到军事形势时,引用古代兵书上的理论,滔滔不绝、头头是道,许多地方很有见地。

鲁肃听了,大吃一惊:"哎呀,你不再是以前的吕蒙了!"吕蒙哈哈大笑,风趣地说:"分别三日,就应当刮目相看,你知道我这变化,可有点太迟啦!"

学问渊博的吕蒙再上战场,犹如猛虎添上了翅膀。后来,他击败了蜀国最有名的将军关羽，为东吴夺回荆州立下了头功。

成语释义

出自《三国志·吴志·吕蒙传》注引《江表传》："士别三日，即更刮目相待。""刮目相看"比喻不要用老眼光看人，要充分看到别人的进步。

黄梁一梦

唐朝时,有个姓卢的秀才去京城赶考。傍晚时分,他到一家旅店投宿,在店里遇见一位姓吕的老道士,他见道士长须过脑,仙风道骨,便与他攀谈起来。

卢秀才感叹地说:"大丈夫应当出将入相,才算不虚度一辈子,可我30岁了,还是一事无成!"吕道士听了,微微一笑,取出一个枕头递给卢生,说:"这容易,枕着这枕头睡一觉,你会称心如意的!"

这时,店主人正把小米倒进锅里煮饭呢!卢生接过枕头,没有脱衣服就躺下了。一天的旅途太辛苦了,不久,他就进入了梦乡。

忽然,门外锣鼓喧天,鞭炮声声,人们捧着喜报进来,说卢秀才中了进士。卢秀才喜从天降,喜笑颜开。

不久,京城有名的富翁崔员外派人登门提亲,把小姐许配给他。崔小姐花容月貌,他们夫妻恩爱,形影不离。

后来,皇帝委派他当河西节度使。吐蕃出兵来犯,他调兵遣将,一举击败来犯之敌。皇帝十分高兴,又让他当了一人之下,万人之上的当朝宰相。

不料好景不长,奸臣诬告他密谋造反,皇帝不辨真伪,把他流放到边疆,让他历尽了千辛万苦。几年后,皇帝才发现这起冤案,让他官复原职,并赐给他许多奇珍异宝。

他活到80多岁,子孙满堂,享尽了人间的荣华富贵。

就在这时,卢秀才醒来了。哎呀,刚才不过是一场梦呀! 他还睡在那小旅店里,吕道士坐在旁边,笑着对他说:"秀才,出将入相,荣华富贵,满意了吧?"卢秀才转头看看,店主人煮的小米饭还没熟呢!

成语释义

出自唐·沈既济《枕中记》:"怪曰:'岂其梦寐耶?'翁笑曰:'人世之事亦犹是矣。'"

比喻虚幻不能实现的梦想。

抛砖引玉

我国唐朝时有两位著名的诗人,一个叫常建,一个叫赵嘏(gǔ)。赵嘏的诗写得好,常建打心眼里羡慕他,总想得到赵嘏的诗句。

有一次,赵嘏到了苏州,常建得知赵嘏要去灵岩寺游览,就先到那里,故意在一块显眼的墙壁上挥笔题诗,并且只写了开头两句。

不久,赵嘏来到了灵岩寺。他看到墙上那首不完整的诗,觉得非常惋惜,便借来笔砚,补上了结尾两句。

因为赵嘏续写的诗句比常建写得好,所以人们把常建的这种作法叫做"抛砖引玉"。

成语释义

抛出砖去,引回玉来。这成语常常用来表示谦虚,比喻自己先发表粗浅的意见或文章,以便引出别人更好的见解和作品。

模棱两可

唐朝时候,有个叫苏味道的人。这人20岁就中了进士,后来当上了县官。他为官多年,但他心里想的仅仅是如何保持自己的地位,所以没干出什么成绩来。

平时,人家向他请示,他总是哼呀哈呀地应付应付,既不表示同意,也不表示反对。到了非要他作出决定时,他也总是把话说得含含糊糊,让人觉得这样办可以,那样办也可以。

苏味道对自己这一套还挺满意。他向人夸耀说:"处理事情可不能作什么明确表示啊,因为将来要是有了错误,就得承担责任。所以说话要像握着模棱的两端一样,可左可右就行了。"

其实,当时许多人对他都很不满意,有些人就叫他"苏模棱"或"模棱手"来讽刺他。

82

成语释义

"模棱两可",这句成语,就是从这个故事来的,模棱:含糊,不明确;两可:可以这样,也可以那样。一般用来形容对事情不敢负责,不明确表示态度或遇事没有主见。

口蜜腹剑

唐朝时候,有个大臣叫李林甫。这李林甫嘴上说得好听,心眼儿坏透了。他千方百计地收买皇帝身边的太监和宫妃替他说好话,也靠这些人刺探消息。皇帝喜欢什么,他就说什么,因此,得到了皇帝的信任和宠爱。

李林甫对有才能的人非常嫉妒。谁的才能、功劳比他大,或者谁受到了皇帝的信任,他就要想方设法地陷害除掉人家。和人交往时,他总是装得很和善,很谦虚,说起话来满嘴甜言蜜语,其实心里老盘算着害人的诡计。所以一些人被他陷害了,到死也没觉察。

后来,李林甫这种虚假的面目终于被人们识破了。人们都说他是一个"口有蜜,腹有剑"的人。

成语释义

嘴上说得很甜美,心里却怀着害人的主意。成语"口蜜腹剑"就是由"口有蜜,腹有剑"简化来的。常用来形容嘴甜心毒、阴险狡猾的人。

打草惊蛇

唐朝时候,有个人叫王鲁,当上了当涂的县令。这王鲁是个贪官,他和手下的办事人员勾结在一起,贪污、受贿、敲诈勒索,无恶不作,把老百姓害苦了。

老百姓忍无可忍,联合起来写了状子,控告王鲁手下的一个管钱物的人,坚决要求惩办他。

状子送到王鲁手里,他一看状子上写的罪行,每桩都跟他有关系,便心慌了,不由得拿起笔,在状子上批了八个大字:"汝虽打草,吾已惊蛇。"意思是:"你们虽然是打草,但是我正像藏在草丛中的蛇一样受到了惊吓。"

84

成语释义

打草惊了草里的蛇,"打草惊蛇"这个成语就是从这个故事来的,常常用来比喻因为办事不周密,反而使得对方有了警戒,预先有了防备。

千里送鹅毛

唐朝时,各地的官员要向皇帝进贡礼物,他们煞费苦心,寻求金银珠宝、珍禽怪兽、地方特产……派人送到京都长安。

这一年,有位边境的地方官,好容易捉到一对活天鹅,这可是稀罕的动物!可要把天鹅送到遥远的长安,真不是件容易事儿。他挑选了精明能干的缅伯高,派他去完成这差事。

路上走了好多天,关天鹅的笼子里发出一股臭味儿,天鹅一身洁白的羽毛,也脏得不像样子了。缅伯高一见,可急坏了,这样又臭又脏的天鹅,能送给皇帝吗?得赶紧洗洗呀!走不多远,到了沔阳湖,缅伯高急忙打开笼子,让天鹅到湖里去洗洗澡。可一急就会出乱子,天鹅一出笼子,"呼啦啦"张开翅膀飞走了,地上只留下几根羽毛。

这可不得了!回去怎么向上司交代呀?缅伯高又急又怕,伤心地哭了一场。可哭有什么用?他想来想去,终于想出了办法,他从地上捡起一根羽毛,又向长安前进了。

到了进贡那天,缅伯高随着各地的使者去朝拜皇帝。按照次序,使者们一一走上前去,献上名贵礼品。挨到缅伯高了,他双手奉上那根羽毛。满朝文武你看我、我看你,不知道这是什么意思。缅伯高将事情的经过,编成歌词唱了出来,最后两句是:"礼轻人意重,千里送鹅毛。"皇帝听了,哈哈大笑,连声夸赞缅伯高聪明,不但没处罚他,还赏给他许多东西。

成语释义

出自宋·欧阳修《梅圣俞寄银杏》诗:"鹅毛赠千里,所重以其人。"人们就用"千里送鹅毛"这句话,比喻礼物虽轻,但情意深厚。

洛阳纸贵

西晋时,有位文学家名叫左思。他出身贫寒,人的相貌长得丑,讲话又口吃,有不少人看不起他,可他不自暴自弃,学习非常认真刻苦,文章越写越好。

他想写《三都(指魏、蜀、吴的京城)赋》,这是个很大的题目,也是个很难写的题材。

有的朋友得知了他的想法劝他说,张衡写了《两京赋》,要超过他可不容易呀!

左思并不怕难,他先到三国京城的旧地去游历,风土、人情、典故、传说……点点滴滴的东西都不放过,全部收集了起来,这样就有了相当丰富的素材。

写赋的过程中,他家中的桌上、门前、窗下、枕旁……到处放了纸笔,一想到好句子,便记下来。反复推敲、琢磨、修改、润色,左思花了整整10年时间,《三都赋》终于写成了,他请当地几位有名的文士阅读,他们看了,无不拍案叫好。推崇《三都赋》是当时难得的佳作。

这消息一传十,十传百,不久就传遍了洛阳城。人人听了这《三都赋》,都想得到这部好作品,大家争相买纸传抄,一时间整个洛阳的店铺里纸张的价格马上飞涨。

成语释义

出自《晋书·左思传》:"于是豪贵之家竞相传写,洛阳为之纸贵。""洛阳纸贵"指风行一时,受到普遍欢迎的好文章。

警示一生的成语故事

杯弓蛇影

晋朝有个当官的,名叫乐广。乐广有个好朋友,经常到他家玩。可有很长时间不来了,乐广就去找他,问问原因。

朋友苦巴着脸说:"上次到你那儿去,你拿酒招待我。可我举起酒杯,看见杯中竟有条蛇。我当时一阵恶心,喝完了这酒,回来就病倒了。"

乐广听了,酒杯里有蛇?

这是怎么回事呀!

他想不出来,他走到请客的地方细细一看,墙上挂着一张弓。对,朋友酒杯中的蛇,很可能就是这张弓的影子呀!

乐广又去请朋友来喝酒,那朋友怎么也不肯来。乐广笑呵呵地说:"那次喝酒生了病,这一次喝酒,我包你病好!"朋友半信半疑,跟他来了。

乐广在原先的老地方摆下酒席,让朋友坐在原先的老座位上。乐广给朋友斟上酒,问:"你酒杯里看到什么啦?"

朋友吃惊地说:"啊呀,一条蛇,和那天一模一样!"

乐广让朋友把酒杯移动到其他地方,忽然酒里的蛇不见了。朋友大惑不解。

乐广指指墙上的弓,告诉朋友杯中有蛇影的原因。朋友听了,恍然大悟,心上的疑虑没有了,生了好久的病也立即好了。

成语释义

杯弓蛇影把映在酒杯里的弓影误认为蛇。后来,就用这个成语,来比喻疑神疑鬼,自相惊扰。

骑虎难下

东晋时候,有个大臣名叫温峤,他组织了一支联军,去讨伐叛乱部队。有几路联军连连失利,军中的粮食也快用尽了。

面对困难,主帅陶侃很着急。他生气地对温峤说:"你动员我来时,说一切都有安排。现在刚刚交锋不久,就没有粮食了! 如果军粮再不运到,我就撤军!"

温峤对陶侃说:"自古以来,军队打胜仗,首先要内部团结! 现在虽然缺军粮,可正是为国立功的时候,我们目前的处境,正如骑在猛兽的身上,不把它打死,怎么好中途下来呢? 咱们只有勇猛向前啊!"

陶侃接受了温峤的劝告,最后团结一致,终于打败了叛军。

温峤说的这番话,以后演变成了成语"骑虎难下"。

成语释义

骑在老虎背上不能下来。表示事情发展到一定程度,想要停下来已不可能了。所以这个成语也含有进退两难的意思。

世外桃源

　　从前,有个打渔的人划船去捕鱼,不料迷失了方向。他正在着急,突然飘来一阵清香。他抬头一看,原来两岸全是桃花。打渔人沿着桃林向前走去。发现桃林的尽头有座小山。他停船上岸,进了山口,见那儿有肥沃的田地,整齐的房屋,还有池塘、翠竹。人们来来往往,非常快乐。他的到来,惊动了周围的人,大家围上来问长问短。一些人还邀请他去家里作客。打渔人从谈话中得知,秦朝末年,一些人为了躲避灾祸,带着妻子儿女逃到了这里,从此便与世隔绝了。

　　打渔人离开时,一路上做了些标志,回家以后又把见到的情况报告给太守。太守派人随着打渔人去寻找,可是找来找去,再也没有找到这个地方。后来,有个叫陶渊明的诗人,根据这个传说写了篇文章叫《桃花源记》,就产生了"世外桃源"这个成语。

成语释义

　　原指与现实社会隔绝、生活安乐的理想境界。常用它来比喻理想中的美好世界。也常用它比喻那种脱离现实生活的地方。

画龙点睛

梁朝时,金陵有座安乐寺,寺庙气势宏伟,金碧辉煌。这天,寺里一面画壁前,里三层外三层挤满了人,大家在看什么呀?

原来是寺里的方丈,请来了有名的画师张僧繇(yáo)。在画壁上作画呢!

张僧繇真不愧是当代名师,只见他略一思索,挥毫落笔,勾线涂彩,没有多久,四条彩龙出现在洁白的画壁上,真是张牙舞爪,栩栩如生。

人群中一片赞叹之声,可有位老先生走到壁前,左看右看,突然大声说:"画师,这四条龙确实画得好,可为什么不点上眼睛呢?"大家细细一看,是呀,四条龙眼眶都空在那儿呢!便齐声说:"画师,快给点上吧!"张僧繇转过身来,面对大家,微笑着说:"诸位,我画龙从不画眼睛,点上眼睛,龙就要飞走了。"那位老先生摇摇头,大家也七嘴八舌地说:"我不信!""要这样,那就点上,让大家开开眼界吧!"

张僧繇拗不过大家,说:"那就点吧,只是别惊吓了大家。"说完,他举起笔,给两条龙点上眼睛。刹那间,突然乌云翻卷,狂风大作,电光闪闪,雷声隆隆,两条龙破壁飞去。人们被这突如其来的情景惊得魂飞魄散,等到定下神来一看,壁上只剩下两条没有点上眼睛的龙了!

成语释义

"画龙点睛"这成语,原形容作画的神妙。以后用来比喻说话写文章时,在关键的地方,用一两句话点明要旨,使全篇精彩传神。

分道扬镳

我国北魏时期,有个皇帝叫孝文帝,他把首都迁到了洛阳,并派大臣元志担任洛阳的地方长官。有一天,元志乘车外出,在街上遇到了一个大官叫李彪。按照当时的规定,老百姓要为官员让道,下级官员要为上级官员让道。但是元志没有给李彪让道。李彪非常生气,双方争执起来,一直闹到孝文帝面前。

李彪对孝文帝说:"我是中央的官员,元志只是地方长官,理应给我让路。"元志说:"皇帝亲自任命我为管理京城的长官,凡住在洛阳的人,都在我编的户籍之内,归我管辖,为什么我要给你让路呢?"两人相持不下,孝文帝只好说:"从今以后,你们就分开走吧!"两个人从宫廷一出来,元志马上找来了标尺,在街上测量画线,从此,他们就各走道路的半边。

成语释义

"分道扬镳"就是从这个历史故事中来的。"道"是道路,"镳"是马嚼子。"分道"是分开走路,"扬镳"是驱马前进。这个成语现在用来比喻目标、兴趣不同,各走各的道路。

一箭双雕

　　隋朝时候，河南洛阳有个叫长孙晟（shèng）的勇士，他力气大，武艺好，什么样的烈马，到他手上便服服帖帖，说到他的箭法，更是了不起：只要弓弦一响，天上的飞鸟立刻落地，林中的走兽马上倒下。长孙晟的名字，传得很远很远。

　　一次，皇帝传下命令，要长孙晟当使者到突厥去。突厥这个民族，人人会骑马，个个会射箭，他们的首领叫摄图。摄图听说长孙晟是位神箭手，便想考考他的本领。

　　摄图抬头一看，好！天上有两只大雕在盘旋飞翔，为了一块肉，它们抢来夺去，正争得不可开交呢！摄图随手拔出两支箭，笑着说："长孙将军，把大雕射下来，给大伙开开眼界。"

　　长孙晟知道摄图的用意，他接过箭，飞身上马，奔驰向前。他看准正在厮打追逐的大雕，张弓搭箭，"飕"地一箭射去，两只大雕同时扑楞掉了下来。突厥士兵捡起来一看，哎呀，一支箭竟射穿了两只大雕！长孙晟的箭法有多准！长孙晟的力气有多大！摄图见了，吃惊得半晌说不出话来。

　　从此，公孙晟的名气更大了。以后，隋朝军队和突厥人打仗，只要长孙晟一出阵，突厥将士就吓得败退了。一箭能射下两只大雕的神箭手,谁敢和他较量呀?

成语释义

　　"一箭双雕",原指一箭射中两只雕,后来比喻做一件事达到两个目的。

拔苗助长

宋国有位庄稼人，干活儿勤勤恳恳，可就是有点毛病，性子太急。

春天，下了一场雨。这雨下得太及时了，他种下的庄稼出苗了！远远看去，绿茵茵的一片，真好看。庄稼人心里好高兴，每天到田里来看看。今天看看，这苗苗是这么高；明天看看，这苗苗还是这样高。五、六天下来，看不出什么变化。

急性子的庄稼人再也耐不住了："我的天哪！要等到哪一天才能长高呀？不行，我得想想法子！"

回到家里，他翻来覆去睡不着觉，一直想着怎么让这禾苗长得快一些。想呀，想呀，终于想出了主意。

第二天天才亮，他就急匆匆下田了。把苗苗一棵棵往上拔，拔呀、拔呀，好容易才干完了。他累得腰都直不起来了，可看看田里的苗苗确实高了不少，心里乐滋滋地向家走去。

妻子见他累得满头大汗地从外面走回来，赶紧给他倒了一杯水。他接过妻子递过的水，"骨碌、骨碌"，几口喝得精光，他舒了口气，高兴地说："今天我可累坏了，我一下帮苗苗长高了好多！"

妻子听了非常奇怪这禾苗也能帮助他生长，赶紧让儿子去田里看看。他儿子听了，也感到很奇怪，赶忙跑到田里去看。哎呀，坏了！中午的太阳一晒,满田的苗苗全枯萎啦!

成语释义

拔苗助长比喻不管事物发展规律,强求速成,反而把事情弄糟。

警示一生的成语故事

杀人不眨眼

宋太祖赵匡胤手下有一员大将,名叫曹翰。他性情粗暴,打仗时冲锋陷阵,勇猛无比。

宋太祖平定江南时,曹翰带领兵马,来到了庐山寺。寺里的和尚见曹翰杀气腾腾,带领着如狼似虎的兵将闯了进来,吓得逃的逃,躲的躲。大殿上,只有缘德禅师两目微闭,双手合十,端坐不动,泰然如常。

曹翰手按宝剑,大踏步跨上大殿,见缘德禅师旁若无人,竟然不理不睬,他非常生气,大声喝道:"呔!和尚,你没听说有'杀人不眨眼将军'吗?"

缘德禅师仍然不动声色,只抬起眼皮瞪了曹翰一眼,不慌不忙地说:"哼!你知道有'不惧生死和尚'吗?"

"杀人不眨眼将军"遇上"不惧生死和尚"也毫无办法,曹翰无可奈何,只得和气地问:"老和尚,寺里还有别的和尚,你能把他们找来吗?"

缘德禅师指指殿上的大鼓,慢吞吞地说:"敲吧,一听到鼓声,他们就会到这儿集合的。"

曹翰抓起鼓槌,"咚咚咚咚",使劲猛敲大鼓,等了一会,不见人来,便责问缘德禅师说:"怎么没人来呀?"缘德禅师说:"从敲的鼓声中能听出，你有杀人之心，所以他们不来。让我来敲吧！"禅师接过鼓槌，轻轻敲了几下，不一会，躲藏和逃走不远的和尚都出来了。

成语释义

这个成语指杀人时眼睛都不眨一下。人们用这个成语，形容杀人成性、凶残狠毒的人。

名落孙山

宋朝时,有个读书人名叫孙山,这人会说笑话,大家叫他"滑稽才子"。

孙山多次参加选拔举人的考试,总是考不中。这一年的考期又快到了,邻居的儿子第一次去参加考试,恳求孙山带他儿子一同进城考试,也好有个照顾。孙山爽快地答应了。

到了省城,他们住在一起,在同一个考场考试。到了发榜那天,两人急急忙忙去看榜。那里已经黑压压地挤满了人。孙山钻进人群,挤到前面,瞪大了眼睛朝榜上寻找着。他从上看到下,终于在最后一行找到了"孙山"二字。他高兴得差点叫出声来。虽说是最后一名,可总也是举人,他怎能不欣喜万分呢?

回到旅店,孙山满心喜悦,邻人的儿子没考取,垂头丧气。孙山安慰他说:"你还年轻,你呀,不用到我这个年纪,一定能考取。"

孙山兴致勃勃,要当天回家。邻人的儿子躺在床上,怎么也打不起精神,想过两天再回去。孙山没办法,只好先回去了。

孙山一到家,远亲近邻知道他考中了举人,都来贺喜。那位邻居也来了,他进门便问他儿子考取没有。

当着大家的面,孙山不好直说,就转弯抹角地说:"榜上最后一名是我孙山,你的儿子的名字还在我后面。"

那人一琢磨,最后一名是他,下面就没有了,自己的儿子一定没考取。他叹了口气,说了几句客气话就告辞了。

成语释义

名落孙山意思是名字落在榜末孙山的后面。后来,人们就用"名落孙山"这条成语比喻没有考取。

守株待兔

宋国有个农夫正在田里耕作。突然,有只野兔狂奔过来。农夫放开嗓门儿一声吆喝,野兔吃了一惊,转过身子向旁边逃去。农夫的田地里有截露出地面的树桩,这野兔慌不择路,来不及躲让,竟一头撞死在树桩旁。

这农夫喜出望外,三步并着两步走过去,把死野兔拣了起来。他美滋滋地想:"真是得来全不费功夫!我辛辛苦苦劳动了一天,能得到多少?还不如坐在这树桩旁边拣野兔呢!"

从这以后,这农夫就放下农具,再不干活儿,成天守在树桩旁,一心一意等着拣野兔了。

他守了一天又一天,地全荒了,可一只野兔也没拣到。

农夫守株待兔的蠢事,却成了大伙的笑料。

成语释义

株:露出地面的树根。原比喻企图不经过努力而得到成功的侥幸心理。现也比喻死守并不高明的经验,或妄想不通过努力而侥幸得到成功。

朝三暮四

宋国有个老人,他养了一群猴子。猴子很能讨他的欢心,他也懂得猴子的心理。

为了让猴子吃饱,老人叫全家人节衣缩食。可时间长了,家里的粮食再也不够了。他要减少猴子的食物,可又怕猴子们不听话。想来想去,终于有了主意。

他对猴子们说:"以后给你们橡子,早上三个、晚上四个,够不够呢?"猴子一听,都嫌少,马上发起脾气来,一个个又跳又闹,老人真受不了啦!

老人马上改口说:"好,好,那早上给四个,晚上给三个,这下总算够了吧?"猴子们以为增加了橡子,高兴极了,一个个拜倒在老人面前。

成语释义

原指玩弄手法欺骗人。后用来比喻常常变卦,反复无常。

熟能生巧

北宋时,有位射箭能手,名叫陈尧咨(zī)。这天,他带着弓箭来到演练场,站稳脚步,摆开架势,张弓搭箭,真是弓开如满月,箭射似流星,一连五箭,箭箭射中靶心。

陈尧咨得意洋洋,向观看的人问道:"我的箭法怎么样?"

"了不起!""神箭手!"大伙七嘴八舌地夸赞。

只有一位卖油老人自言自语地说:"没有什么,只是手法熟悉罢了!"

陈尧咨一听,可气坏了,他瞪起眼睛,狠声狠气地说:"老头,你敢小看我?难道你也会射箭,要不和我比试比试。"

卖油老人微微一笑说:"我可不会射箭,但是我这么多年卖油确实能做到一滴油不会倒在外面。"说着他不慌不忙地从油担子上取下一只葫芦放在地上,又掏出一枚铜钱,盖在葫芦口上,然后舀起一勺油,慢慢倒了下来,嘿,倒出来的油像一根细线,穿过钱眼灌进了葫芦。

一勺油倒完了,老人拿起铜钱给大伙看,哎呀呀,铜钱上干干净净,一点点油也没沾上!

陈尧咨和大伙,你看我,我看你,吃惊得说不出话来。

卖油老人却不动声色,笑着说:"我也没有奥妙,熟能生巧罢了!

"说完,挑起油担子走了。

成语释义

意思是不管什么事情,只要肯下功夫,经常干下去,熟练之后,就能找到窍门。

弄巧成拙

　　北宋有位著名画家，名叫孙知微。一次，成都寿宁寺方丈派人来，请他到寺里画壁画，孙知微接受邀请，带着几个学生来到寺里。

　　方丈的意思，是要画佛教传说中九位神仙的故事。孙知微明白了方丈的意图，马上带领学生们动手，他先用墨笔勾勒出九位神仙的轮廓。正在这时，一位好友来请他作客，盛情难却，无法推辞，孙知微把草图勾完，才放下墨笔，对学生们说："我明天回来，你们先涂色上彩吧！"说完，便匆匆跟好友走了。

　　老师一走，学生们感到自在多了。一个学生说："水星菩萨侍从童子手中的水晶瓶，怎么是空荡荡的呢？"一个名叫童仁益的学生说："老师画瓶，总要画束插花，今天走得匆忙，大概是忘了吧？"大家你一言，我一语，都认为童仁益说得对，便推他执笔，在水晶瓶中添了一朵粉红色的莲花。

　　第二天，孙知微一回来，便到壁画前看看，他见水晶瓶中添了一朵莲花，可气坏了，马上派人把学生们叫来。孙知微板着脸说："你们干了件大蠢事！"学生们你看我，我看你，不知道老师发火的原因。童仁益大着胆子走上前，说："请老师明示。"孙知微说："一幅画，添什么，减什么,都有意思。水晶瓶是水星菩萨镇妖伏水的宝贝,添上花,就不是神物,而是花瓶了!"童仁益和几个学生"弄巧成拙",经老师一批评,一个个红着脸,低下了头。

成语释义

出自宋·黄庭坚《拙轩颂》:"弄巧成拙,为蛇画足。""弄巧成拙",指原想卖弄聪明,反而把事情搞糟,做了蠢事。

警示一生的成语故事

胸有成竹

北宋时候,有位很有学问的人,名叫文同。他写的诗、做的文章都很好,在绘画上更有成就。

文同很喜欢竹子,他亲自动手,在家前屋后栽种了不少竹子。每天一有空闲,就去观察竹枝、竹叶的各种形态,细细体会,精心琢磨,一一记在心中。兴致浓了,他回到书房,铺纸磨墨,挥笔作画,把自己胸中琢磨成熟的竹子画下来。他画出来的竹子,月下、风前、雾中、雨后,千姿万态,非常传神。四面八方的人纷纷登门求画,文同画竹的名声越来越大。

文同的好友,诗人晁补之非常了解文同,他在诗中赞扬说:"文同画竹时,'胸中有成竹'。""胸有成竹"这成语,就是从此来的。

成语释义

原指画竹子要在心里有一幅竹子的形象。比喻做事之前,心里已经考虑成熟,或已经有了成功的把握。

专心·致志

古时候,有位棋手名叫秋,他的棋艺精妙,全国没有哪个人是他的对手。好多人想跟他学棋,他挑来挑去,挑了两个青年做学生,准备把自己平生的本领传给他们。

秋讲解棋艺时,一个学生"专心致志",认真听秋指点;另一个学生耳朵虽然在听,心思却不集中,他在想:天上可能有大雁飞过,要能用弓箭去射多好呀!

课讲完了,秋叫他们摆开棋盘,对下一局。开局不久,那想射大雁的学生就输了。秋严肃地说:"孩子,是你不如他聪明吗?不是!是因为他学棋时专心致志,而你心有二用!"

成语释义

出自《孟子·告子上》:"夫今弈之为数,小数也,不专心致志,则不得也。"致:尽,极;志:意志。是把心思全放在上面,形容一心一意、聚精会神。

为虎作伥

从前,在一个大森林里,有一只老虎。这老虎饿极了,在茂密的森林里转来转去,捕捉食物。

突然,他看见一个人,就飞奔过去。那个人拼命地跑,还是没有逃脱,被老虎扑住,一口咬死了。

老虎美美地吃了一顿,打了个饱嗝,又扑住那人的灵魂,不准离开。"你连我的骨头都吃下去了,为啥还不让我走?"那人的灵魂气愤地问。老虎"嘿嘿嘿嘿"地笑着说:"今天我才知道,人肉最鲜美。你要是想离开我,就必须再找个人来给我吃。"

那个人的灵魂就成了"伥鬼",心甘情愿地做老虎的走狗,给老虎找人吃。找到了人,他还把受害者的衣带解开,衣服脱掉,让老虎吃得更方便。

成语释义

为虎作伥(wèi hǔ zuò chāng)伥:伥鬼,人们用"为虎作伥"这条成语比喻心甘情愿地帮坏人干坏事,是坏人的帮凶。